Posso ser um médico para levar saúde às pessoas e mostrar a elas que Deus é o Médico dos médicos.

Posso ser um advogado para oferecer justiça a todos os que precisam. Deus é o justo Juiz.

Posso ser um pintor e expor as mais belas obras em várias galerias.
Deus é o Criador das mais lindas cores.

Posso ser um publicitário e, em todas as oportunidades, divulgar aos outros a salvação que só Jesus dá.

Posso ser um professor e transmitir conhecimento aos alunos.
Também posso ensinar sobre Deus aos que me cercam.

Posso ser um *chef* de cozinha e alimentar muita gente com minhas invenções culinárias.
Mas só Jesus é o Pão da Vida.

Posso ser um psicólogo e ajudar as pessoas com seus problemas.
Mas somente Deus traz a cura emocional completa.
O SENHOR me dá criatividade para servi-lo e para servir aos outros com minha profissão!

210mm x 148mm | 8 páginas
Capa: couché 157g/m²
Miolo: papel offset 100g/m²
Impresso por China King Yip (Dongguan)
Printing & Packaging Fty. Ltd.
IMPRESSO NA CHINA

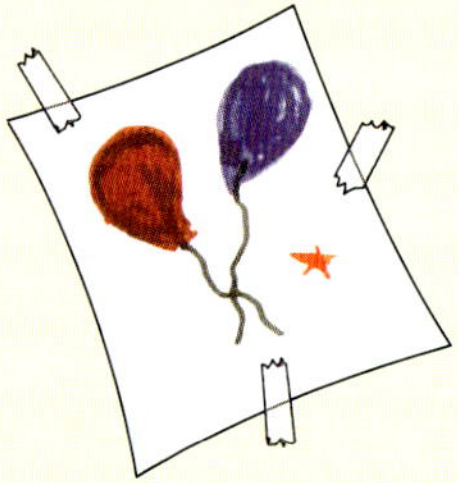

IMPORTADOR: Ministérios Pão Diário
R. Nicarágua, 2128
82515-260 Curitiba/PR, Brasil
CNPJ 04.960.488/0001-50

© 2011 Ministérios Pão Diário. Todos os direitos reservados.

Texto: Lucila Lis
Ilustrações: Leila Lis e Lucila Lis
Revisão: Rita Rosário

EP927

ISBN 978-1-60485-502-9